U0118458

貓奴運動會

在貓奴之間有一個講法，就是貓貓都喜歡半夜「開運動會」，因為貓貓天性是喜歡在晚間活動，深夜會在家裡奔跑跳躍。如果真的有貓貓的運動會，他們在運動場上會有怎樣的趣事呢？加上近年來，居家健身運動流行起來，當貓奴在家裡做運動時，主子們會如何參與呢？所以這本書的主題就定為「運動會」了。

此外，早期的「如果我有好多貓」和「毛色看出貓貓的個性」系列，都重新繪畫並收錄在本書裡面。

希望這本書能繼續帶給大家貓貓活潑好動的一面！也欣賞每一個貓貓的獨一無二！

葉貓

目錄

10
10
10

貓貓運動會

運動前，跟柑柑一起做伸展體操吧！

1.上半身壓低

2.伸展手臂

3.屁股壓低　　4.伸展大腿

拔罐

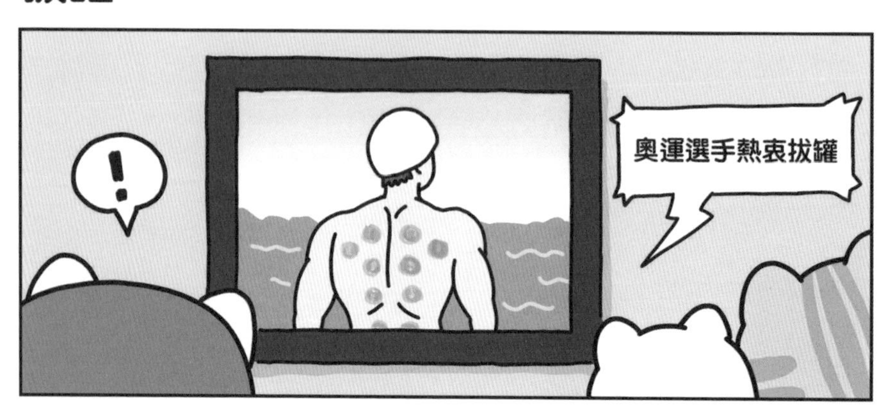

貓仔式
慢慢游

只好拿出絕招了

拔罐

我好像聽到了
罐罐的聲音

100米短跑

恭喜柑柑選手
再次奪得金牌
2
1
3

請問參加比賽
有甚麼心得？

拔罐

今屆奧運選手
繼續熱衷拔罐

跳遠

這種腳底的觸感

讓我突然
好想大便
請不要
在沙池裡大便

跳高

Z

保齡球

平衡木

平衡木對貓貓來講，實在是太輕鬆了

因為太放鬆，不知不覺睡著了

貓貓打排球

理想

拿出貓貓跳躍飛撲的本事

現實

看到沙灘，就有了便意

跳水

每次看到跳水運動

都會想起貓貓

桌球

單板滑雪

冰壺

花式睡覺

結合睡眠和舞蹈動作，展現貓貓的可愛

滾軸廁紙

為貓貓而設的特別運動項目

不要看電視，
看我的平衡木

如果我有好多貓

女孩子都有個公主夢

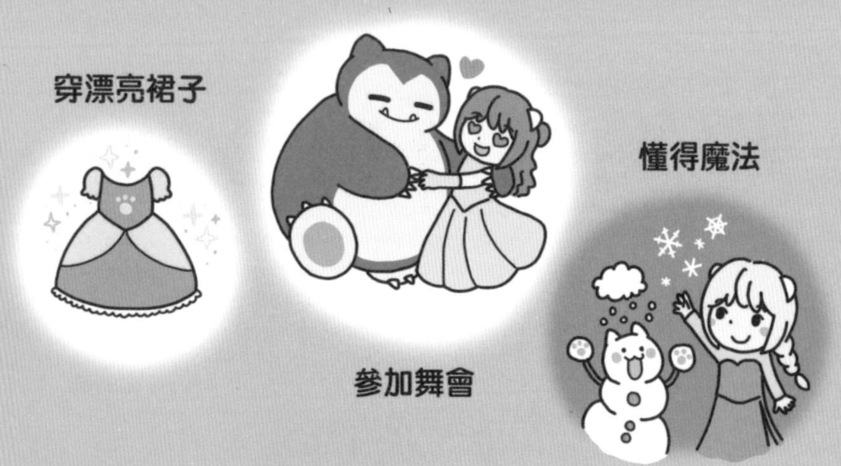
穿漂亮裙子
懂得魔法
參加舞會

貓奴也有一個公主夢

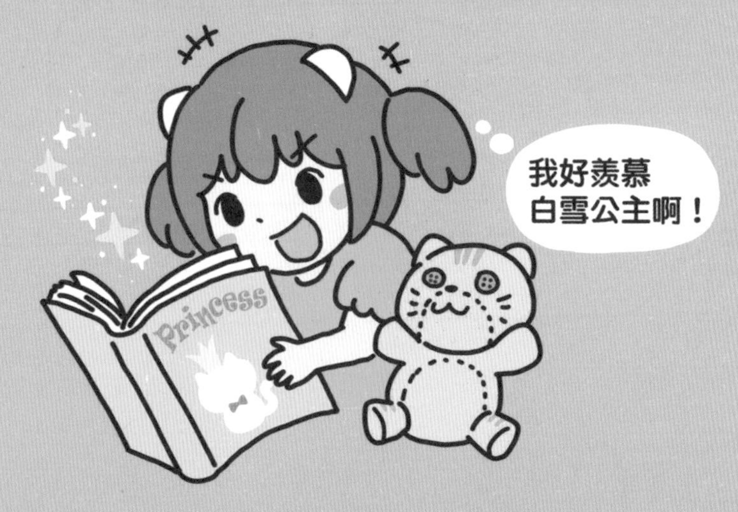
我好羨慕
白雪公主啊！
Princess

好想像白雪公主一樣

被可愛的小動物圍繞

貓會越養越多？

開始養第一個貓(藍藍)的時候……

家裡只得
藍藍一個貓
她會不會寂寞？

於是收編了柑柑

你看，這是柑柑
是你的弟弟

藥
房
很喜歡吧？
送一隻給你吧
我要搬家
不能養他了

待領養
好可愛呀！
我想......

雖然沒有成為公主(成為了女僕)

但每天過著「被可愛動物們圍繞」的愉快生活

食量…… 超絕5倍UP

大便…… 超絕5倍UP

家有2貓的時候…… 貓奴沒有坐的位置

家有5貓的時候…… 貓奴同樣沒有坐的位置

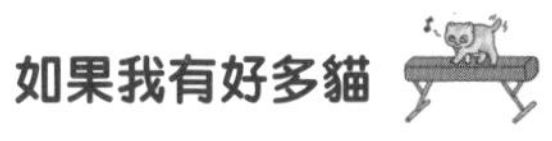

一堆毛茸茸
請讓我加入

貓貓們的吃飯時間

現實

跟貓貓們一起睡覺

好熱
好重
身體不能動彈

眼神壓力

家中所有東西
都是我的

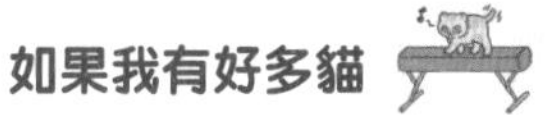

貓奴零食時刻

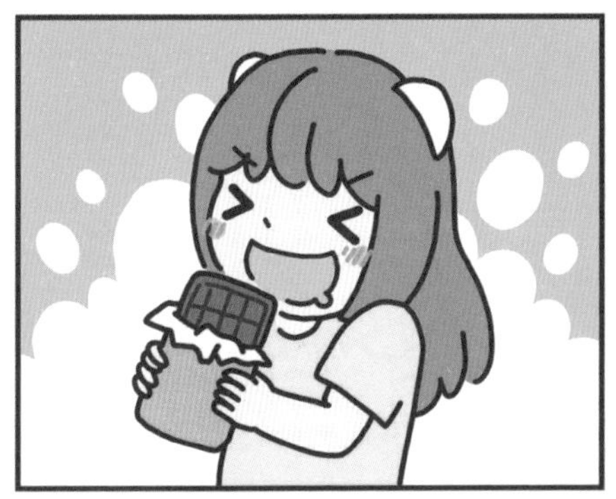
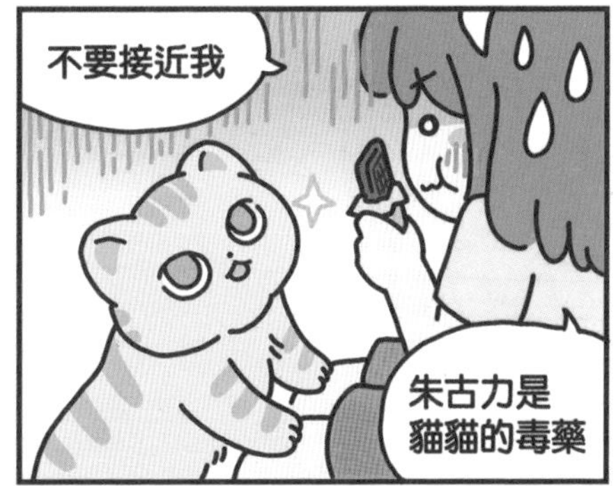
不要接近我
朱古力是
貓貓的毒藥
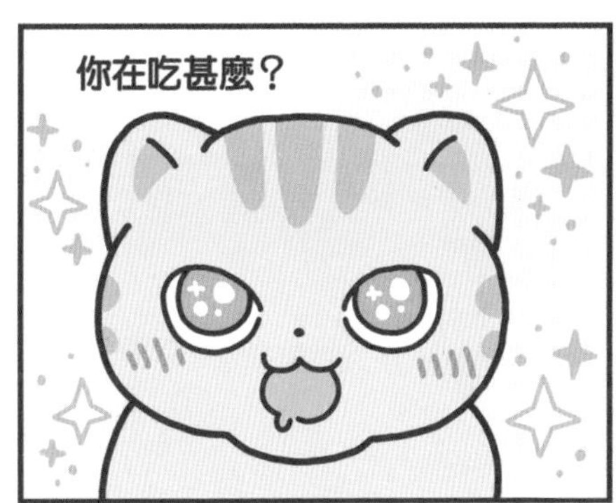
你在吃甚麼？
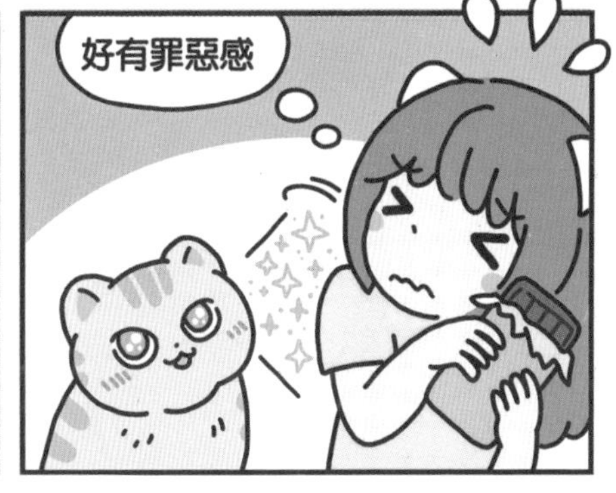
好有罪惡感
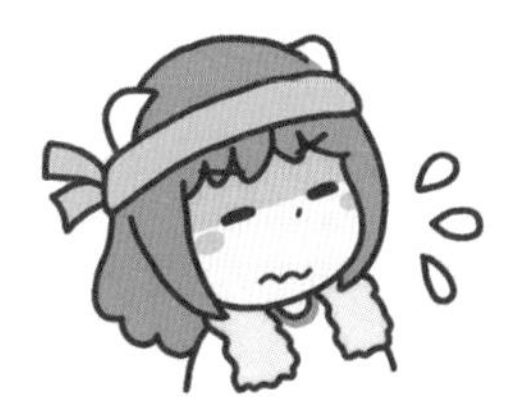

從此之後
只能在外面偷吃朱古力

被主子寵幸的衣服

衣服上有貓毛
是貓奴的標誌

驚喜禮物

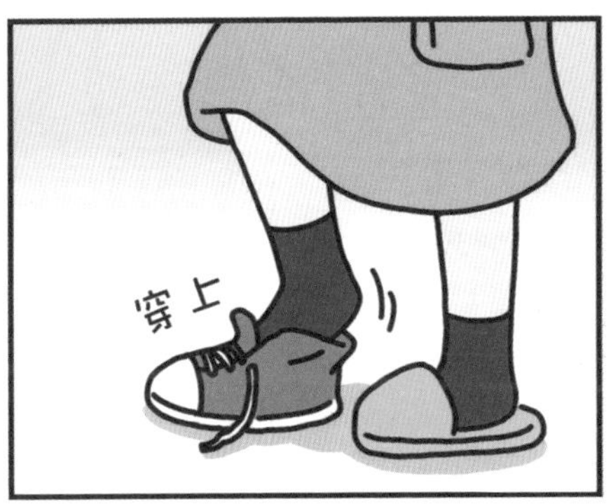

貓奴不會狩獵
主子總是擔心你肚餓

我只是路過

我整天都在肚餓

肚餓會傳染

跟橘貓一起，
不小心吃多了

都市傳說

毛色看出貓貓的個性

貓貓有著多種顏色及花紋

據說不同顏色的貓貓
會有不同的性格特徵

以下會介紹不同毛色貓貓的
心理特點和行為模式
為你揭開這個神秘的都市傳說

橘貓

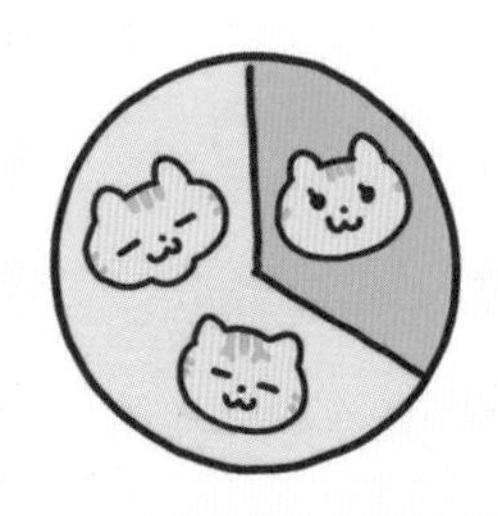

多數為公貓

愛說話

貪吃

體型較大

調皮愛玩

溫柔

白底橘貓

看起來呆萌

其實很聰明

有點愛說話

有點貪吃

個性穩重

友善

白貓

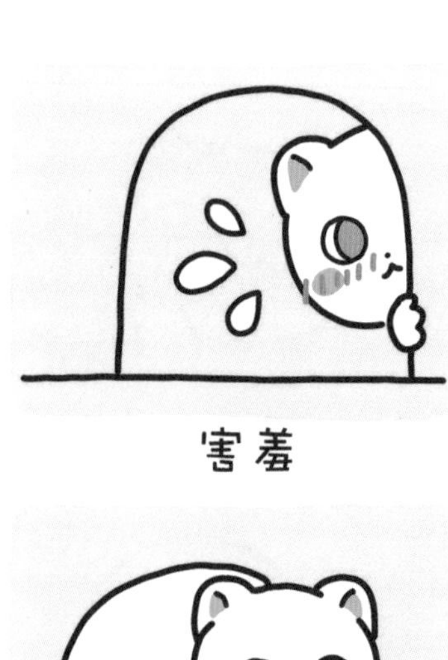

害羞

動作輕柔

獨立

友善

享受自我空間

喜歡獨佔貓奴

藍貓

外表優雅

堅持己見

不擅長表達愛意

文靜少話

容易和人相處

喜歡觀察貓奴

虎斑貓

像貓祖先一樣野性

強勢

喜歡高的地方

活潑好動

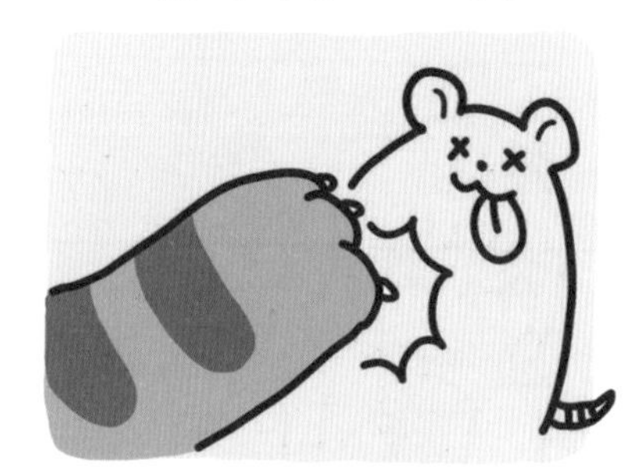

喜歡打獵

只向熟悉的人撒嬌

白底虎斑貓

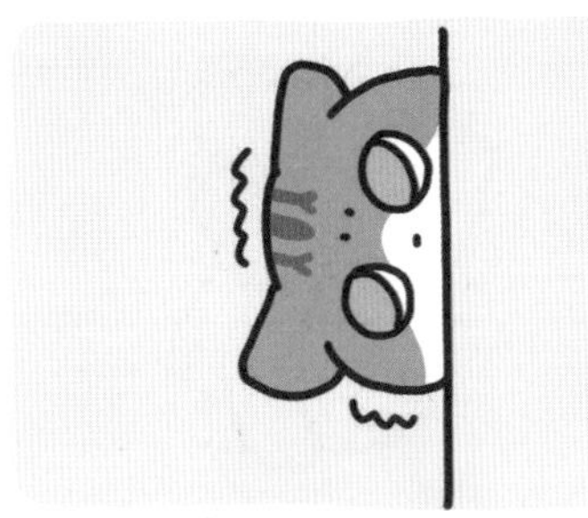

警戒心強

慢熱

身手靈活

活潑愛玩

易跟其他動物相處

親人愛撒嬌

三色貓

99.9%為女生

不怕陌生人

對不喜歡的對象很惡

對喜歡的對象超撒嬌

脾氣暴躁

充滿母性

玳瑁貓

99.9%為女生

個性溫和

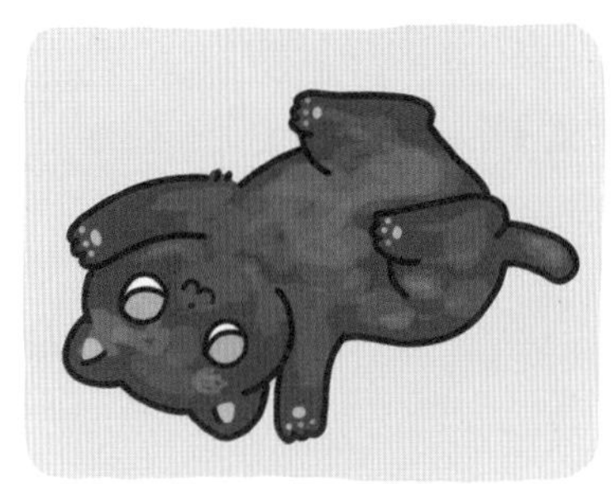

愛撒嬌

愛討摸

隨和不挑食

喜歡冒險

黑貓

外表神秘

性格溫柔

善於學習

動作靈活

深情

對美食很有堅持

黑白貓

聰明

慢熱

情緒善變

好動

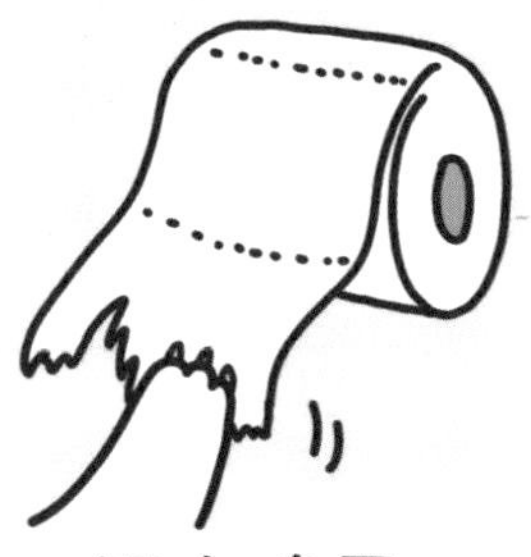

調皮搗蛋

有創意解決問題

誰在家裡最常喵喵叫？

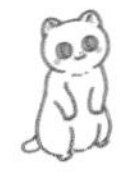

誰的戰鬥力最強？

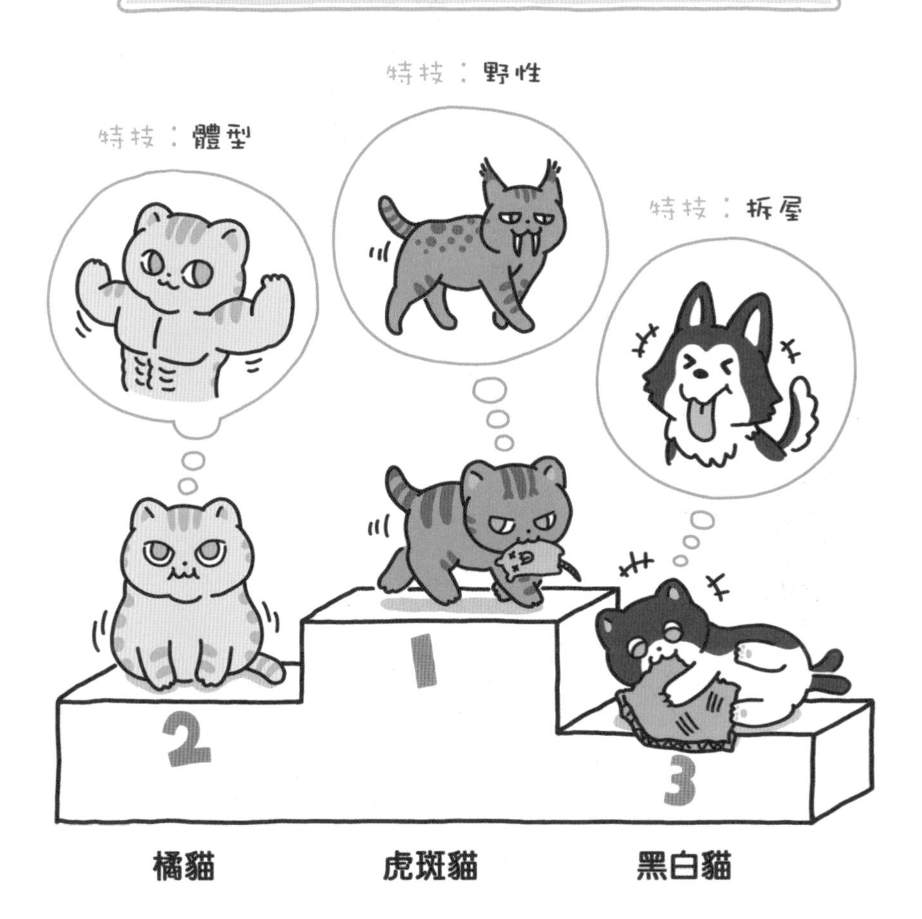
特技：體型
特技：野性
特技：拆屋
1
2
3
橘貓
虎斑貓
黑白貓

分享貓奴在路上遇到的貓貓

猜圖中有多少貓貓呢？

貓餅

貓貓花色心理測試遊戲

如果你喝了魔法藥水，
你會變成甚麼花色的貓貓？

開始

出席Party，哪一個描述最符合你？

Ⓐ 主動跟新朋友搭話

Ⓑ 安靜地聽別人聊天

會在Party中嘗試新食物嗎？

Ⓐ 各種美味都想試

Ⓑ 只吃自己最愛的食物款式

在Party抽獎抽到機票，但出發日期是明天：

Ⓐ 立即收拾行李準備出發

Ⓑ 先看日程表再考慮

你吃飯的速度：

A 吃得快又多
B 跟大家一樣
C 喜歡慢咽細嚼

A  橘貓
B  橘白貓
C  玳瑁貓

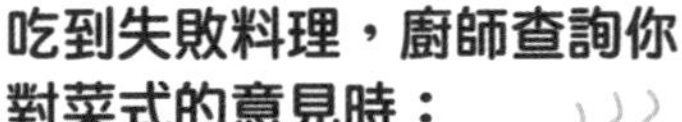

吃到失敗料理，廚師查詢你對菜式的意見時：

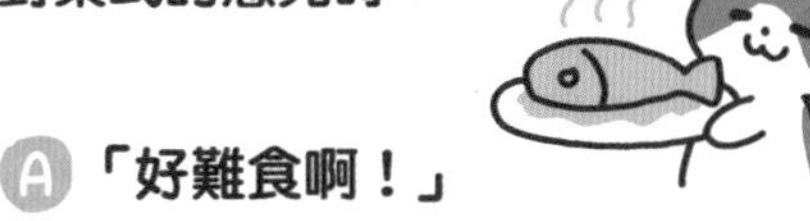

A 「好難食啊！」
B 委婉地提出自己的建議

A  三色貓
B  黑貓

買衣服時，你更喜歡：

A 舒適、柔和的淺色系
B 穩重、典雅的灰色系及深色系

A  白貓
B  藍貓

喜歡怎樣規劃旅遊行程？

A 無計劃，隨性到處逛
B 遊客必到的100個景點
C 選擇自己喜歡的主題作深度遊

A  虎斑貓
B 白底虎斑貓
C  黑白貓

柑柑藍藍
你們偷偷地
去士多做兼職了？

貓貓的奇妙身體

迷戀鞋味

貓的嗅覺敏銳度
是人類的14倍

討厭電話

貓貓不喜歡
突如其來的聲音

不要抖腳

不要抖腳，
貓貓會來懲罰你

喜歡被摸屁股

其實我很喜歡
被貓奴摸

貓的心情是呼嚕呼嚕

他現在
心情很好
可以繼續摸
呼嚕呼嚕

咬咬
心情不好？
要停手嗎？

呼嚕呼嚕
到底你心情
怎樣了？
呼嚕呼嚕
呼嚕呼嚕

一邊呼嚕、一邊咬人
到底是甚麼玩法？

貓貓背部之謎

貓貓的背部是很敏感的

討厭指甲鉗

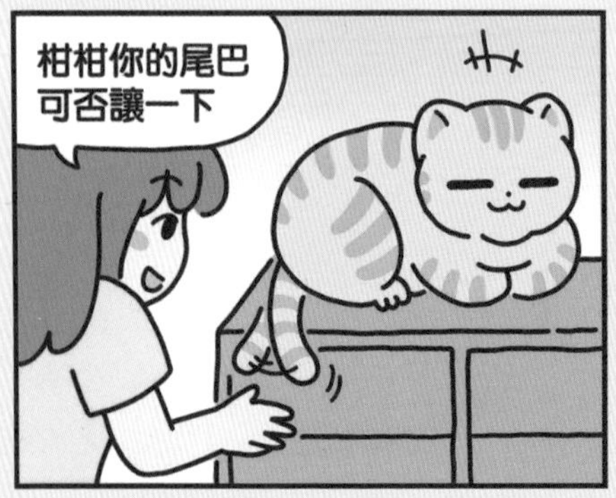
柑柑你的尾巴
可否讓一下

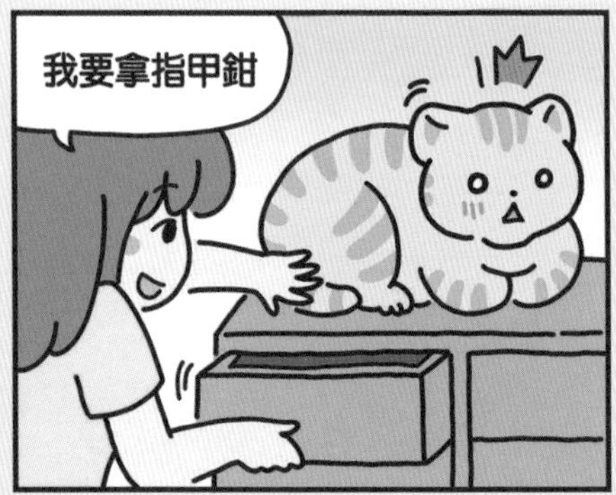
我要拿指甲鉗

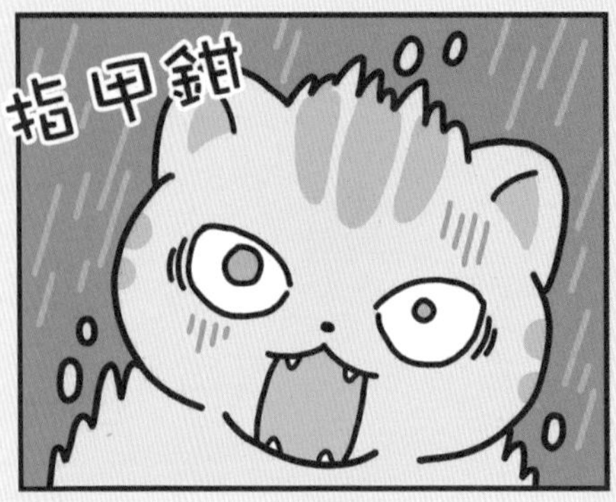
指甲鉗

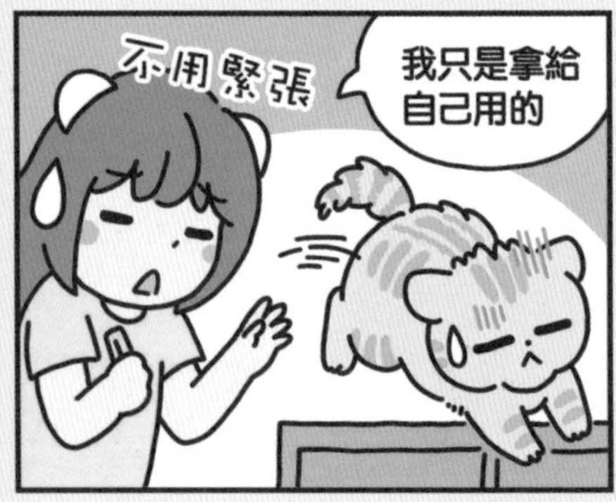
不用緊張
我只是拿給
自己用的

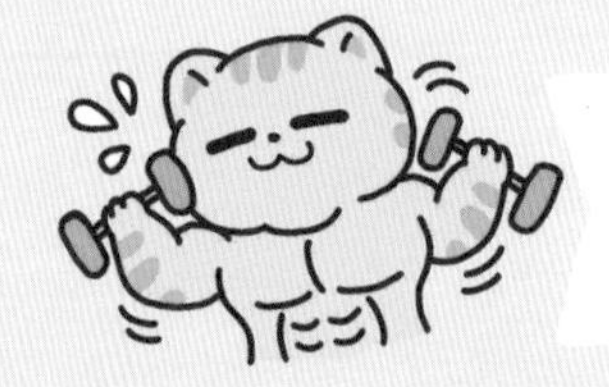

指甲鉗真可怕

貓奴之屎味蛋糕

笨貓奴又在吃
有大便味道的東西了

由下往上拍

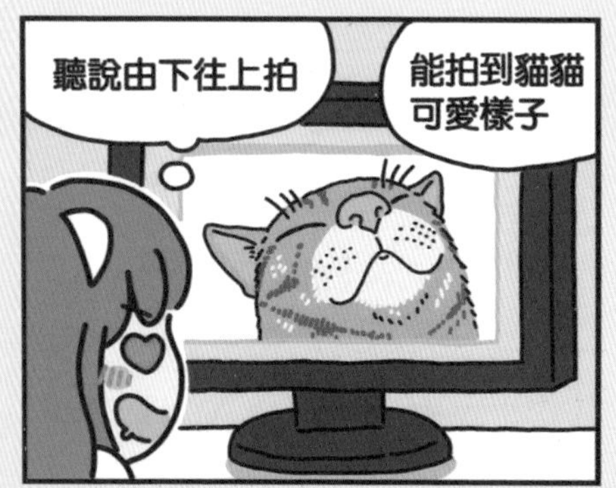

聽說由下往上拍
能拍到貓貓
可愛樣子

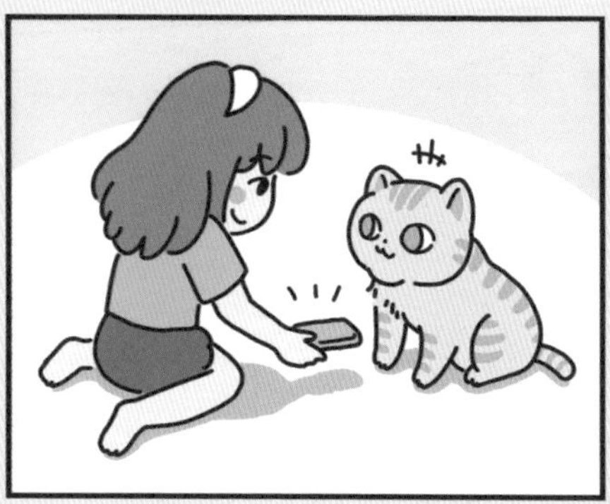

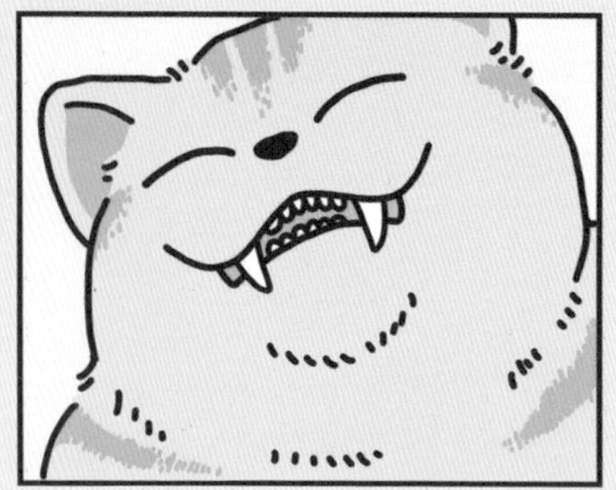

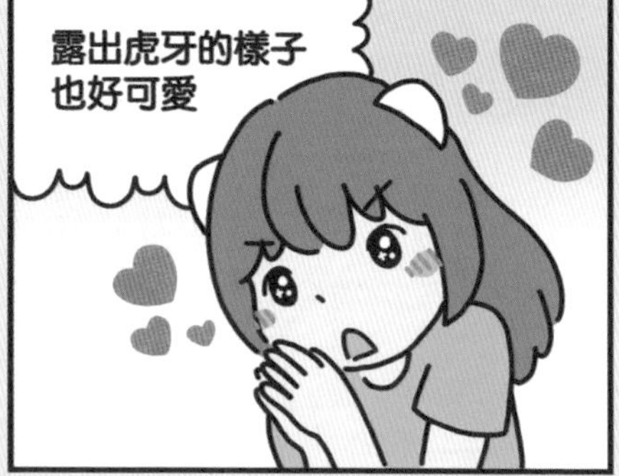

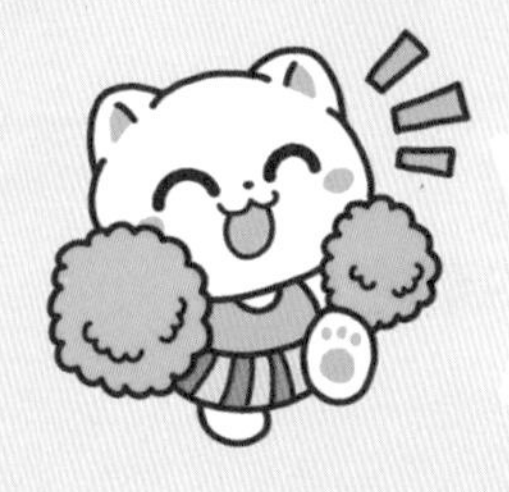

嘗試用不同角度
來拍貓相片吧

貓奴腦裡都是貓

貓奴滿腦都是貓貓

貓抓牛仔褲

貓抓牛仔褲的製作方式

突然咬一口

貓奴最喜歡
跟主子一起chill了

誰在房間大便？

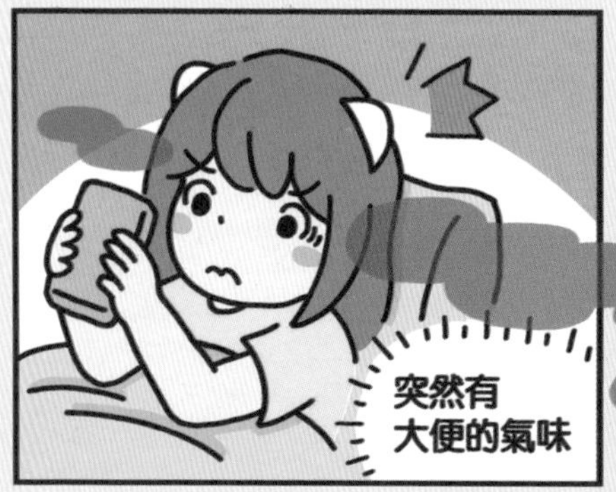
突然有
大便的氣味

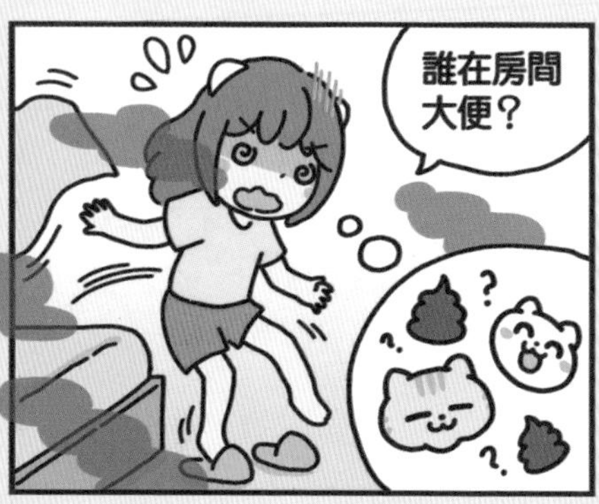
誰在房間
大便？

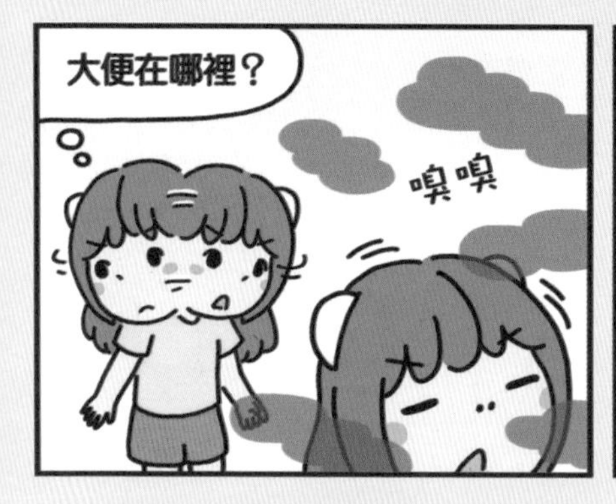
大便在哪裡？
嗅嗅

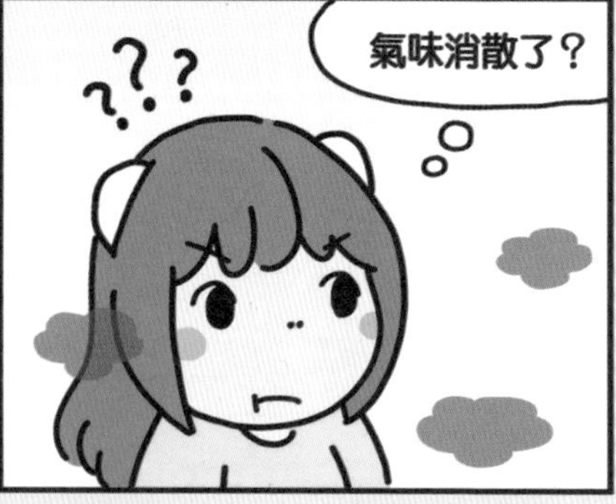
氣味消散了？

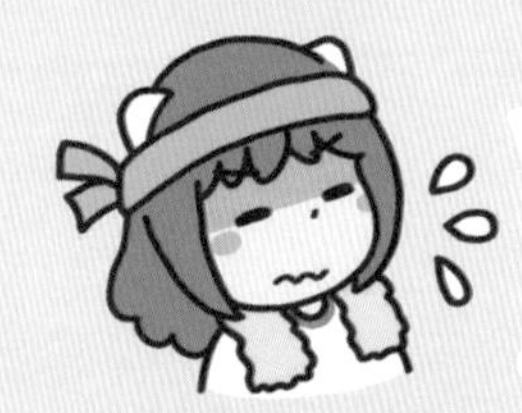

貓大便的味道
令貓奴立即醒神

原來貓也會放屁

在貓奴心目中
貓貓放屁也很可愛

貓奴上廁所的時候

觀察人類中
盯
我也突然有
便意了
你爲甚麼
不用砂？
這是甚麼
氣味？
???
我會
陪著你的

貓奴愛運動

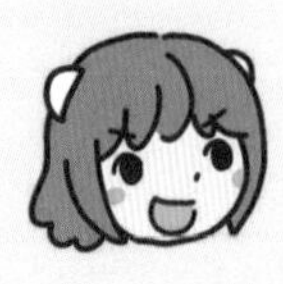

介紹一個幫貓貓
量體重的方法

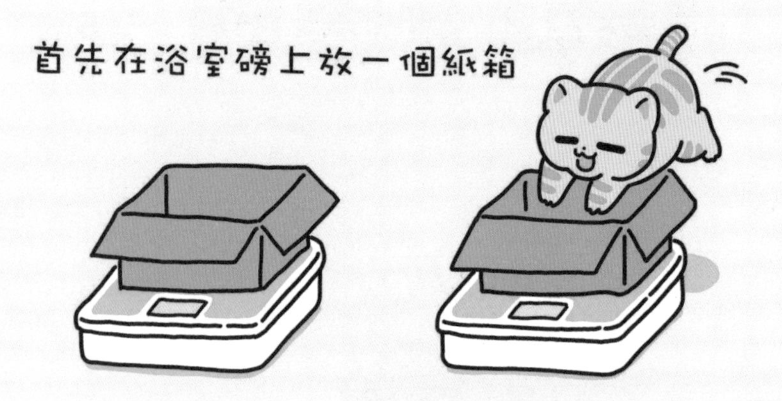

然後貓貓會自動走入紙箱

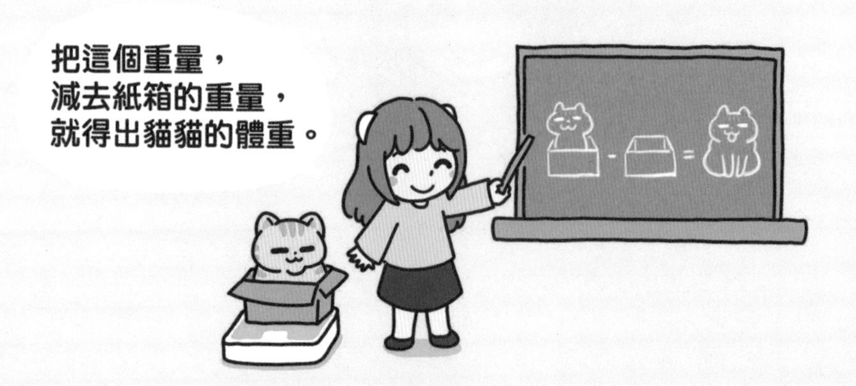

把這個重量，
減去紙箱的重量，
就得出貓貓的體重。

其實親自抱貓貓上磅，再減去自己
體重，就可以知道貓貓的體重了！
這個方法更簡單！

不想面對自己的體重！

你應該健身！而不是逃避！

我不知道怎樣健身！

運動吧！貓貓會教你的！

運動軟墊的使用方式

首先請貓奴鋪好運動軟墊

然後在上面加上自己的記號

找個舒適的位置

真是身心舒暢呢

貓貓是最好的體育教練

每次貓奴做拱橋的時候

主子都會來增加難度

貓貓陪你做Sit Up

理想

現實

平板支撐(Plank)

手臂訓練

一般的手臂訓練

貓奴的手臂訓練

深蹲

貓奴的深蹲

貓奴的負重訓練

貓壓大腿

貓壓肚子

貓棒體操

啊！兩腳
站起來了
好可愛！

貓貓看足球比賽

貓貓欣賞足球比賽的方式

近距離欣賞

出手幫忙拍球

刷存在感

跟貓奴搶零食

貓貓山

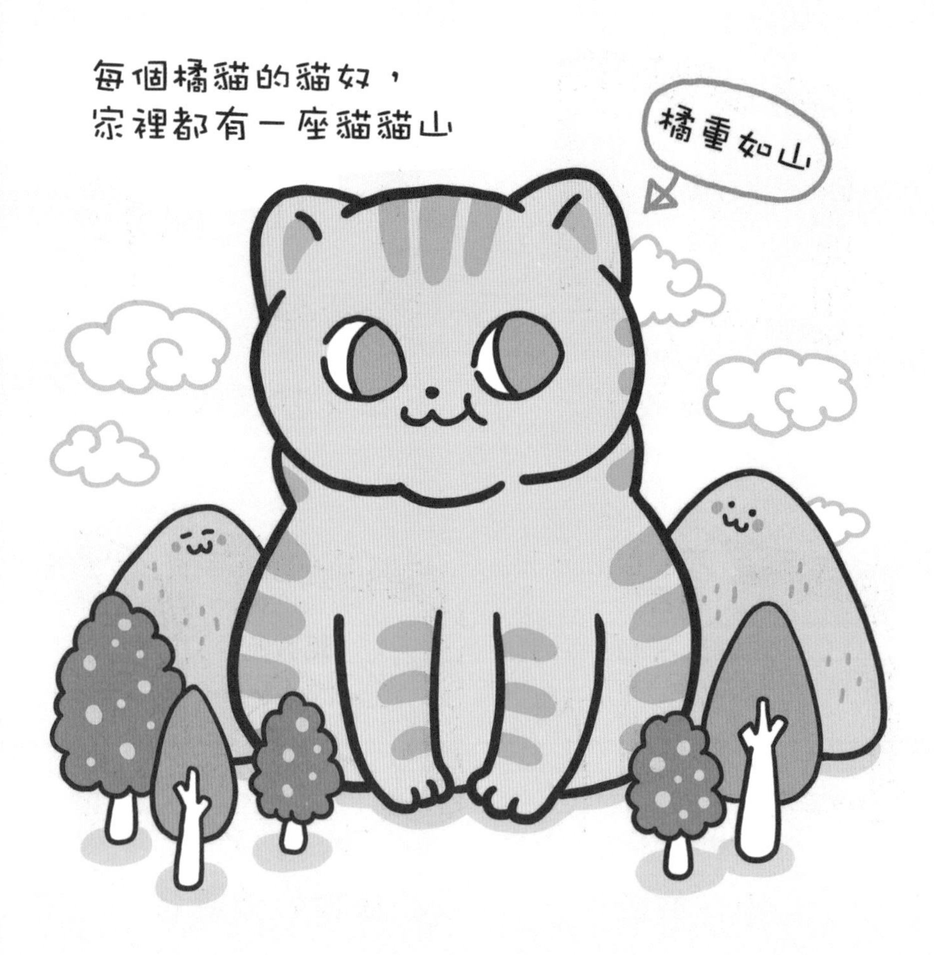

每個橘貓的貓奴，
家裡都有一座貓貓山
橘重如山

貓貓山的享受方式：

欣賞山景

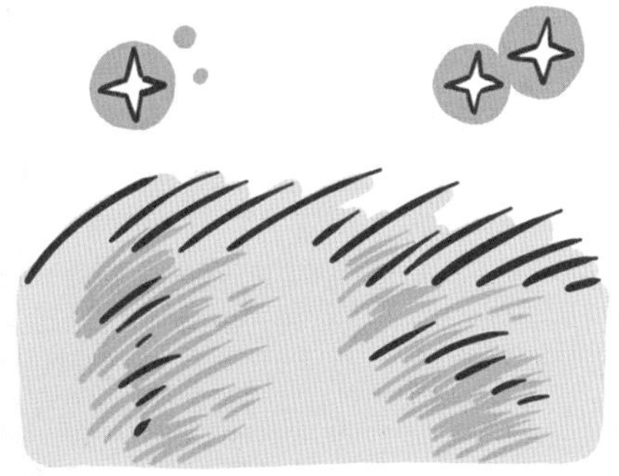

賞芒草

聽大自然的聲音

深呼吸

可否別吐在地毯上？

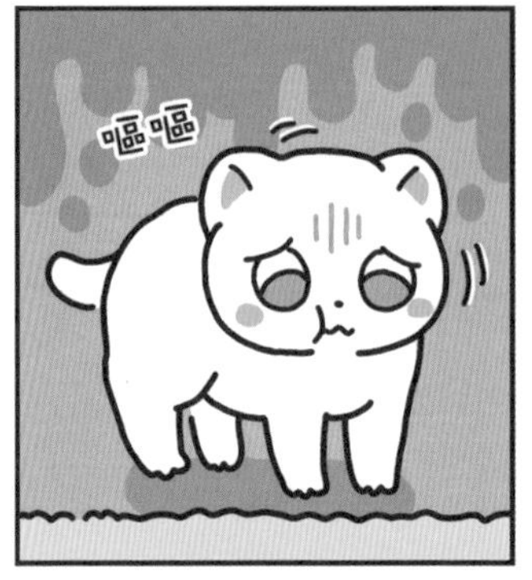
嘔嘔

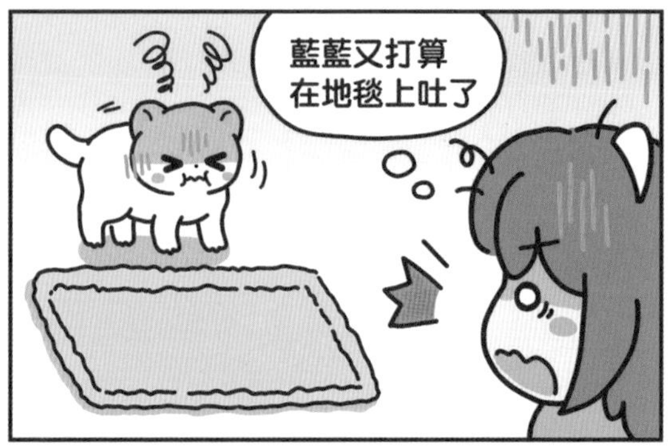
藍藍又打算
在地毯上吐了

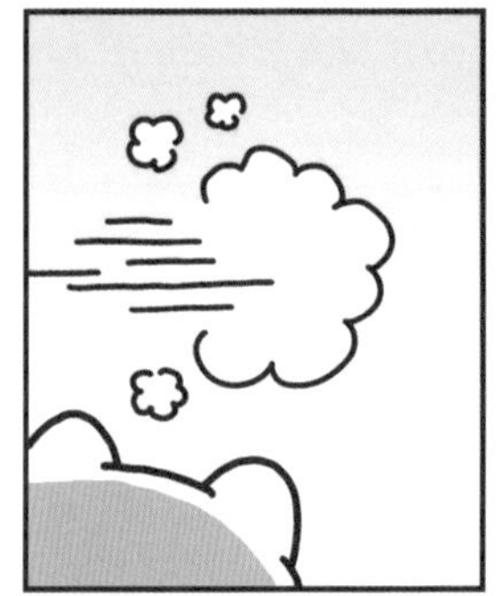

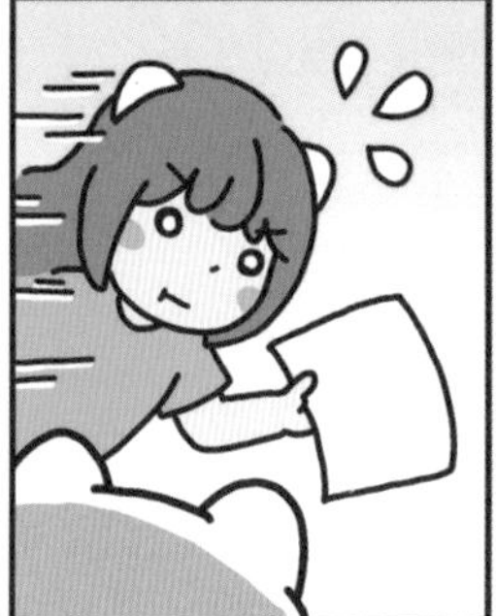

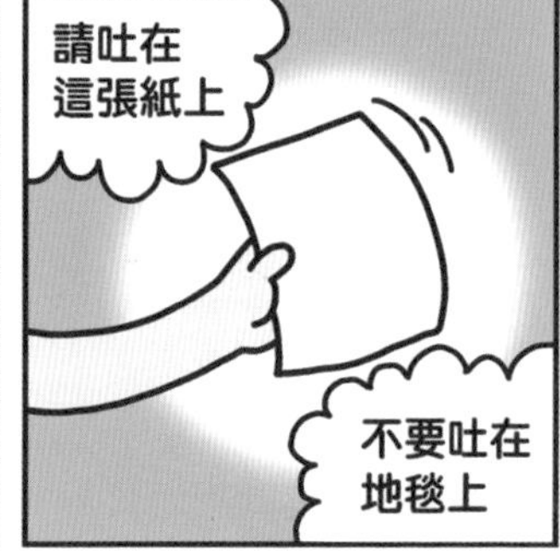
請吐在
這張紙上
不要吐在
地毯上

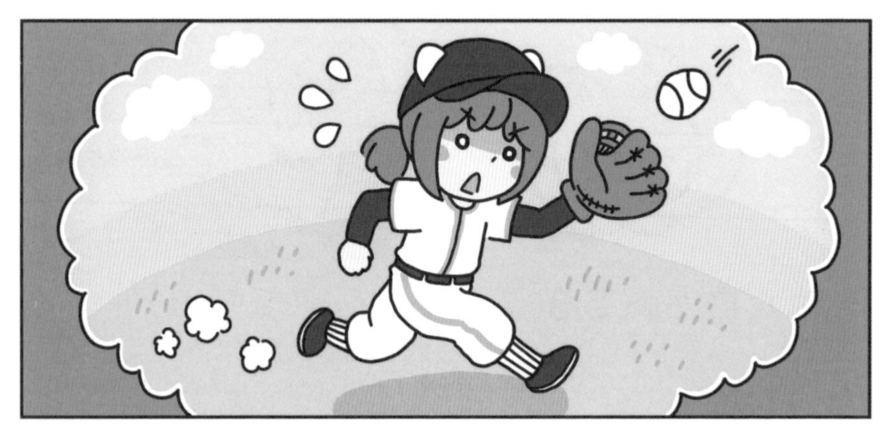

接住了

嘔嘔嘔
為甚麼這樣堅持
吐在地毯上？

2
1
3

貓奴購物狂

新貓樹

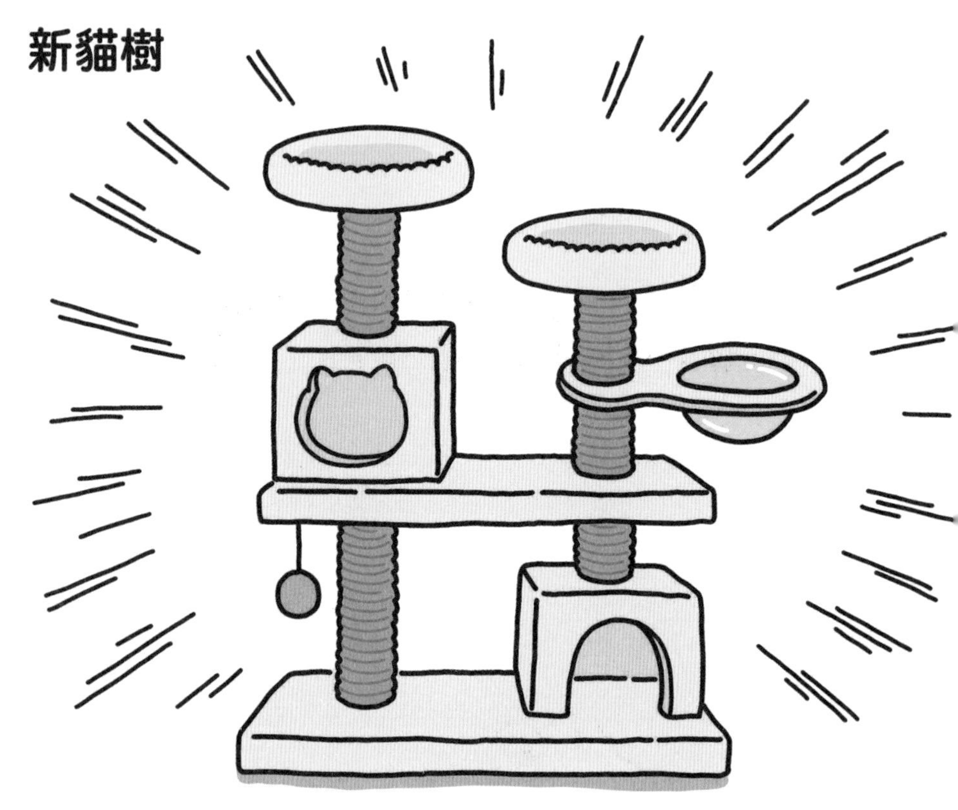

跳走了

用零食攻勢吧！
小魚乾
零食

啊！又跳走了！

嚼嚼嚼

其實這個不是
雜物架來的

好特別的
雜物架啊！

那裡已經擺滿了
我想我需要
一個新書架

這是甚麼？
新的秘密基地？

一貓一格
書架竟然
更受貓歡迎！

貓奴開箱

CAT
FOOD

貓玩具DIY：紙皮四腳蛇

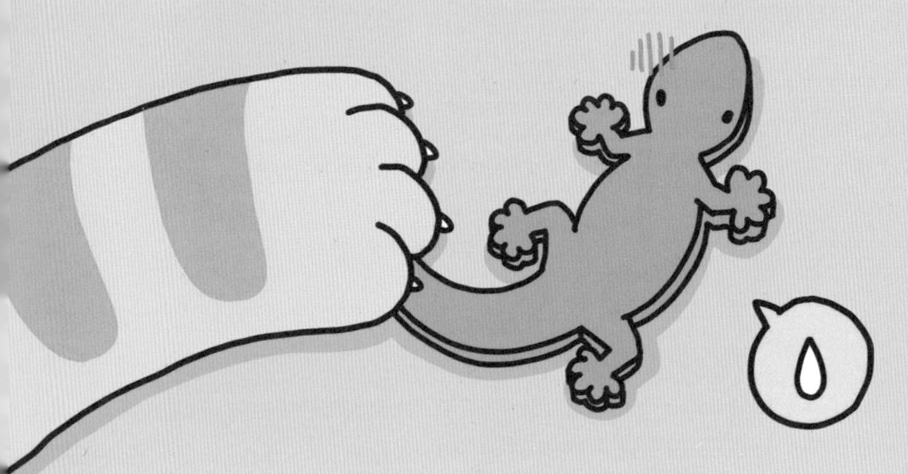

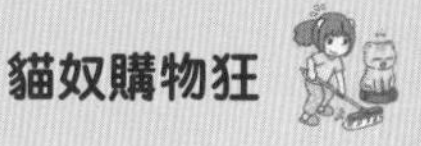

2. 然後把圖案剪出來，黏在牆上

3. 完成

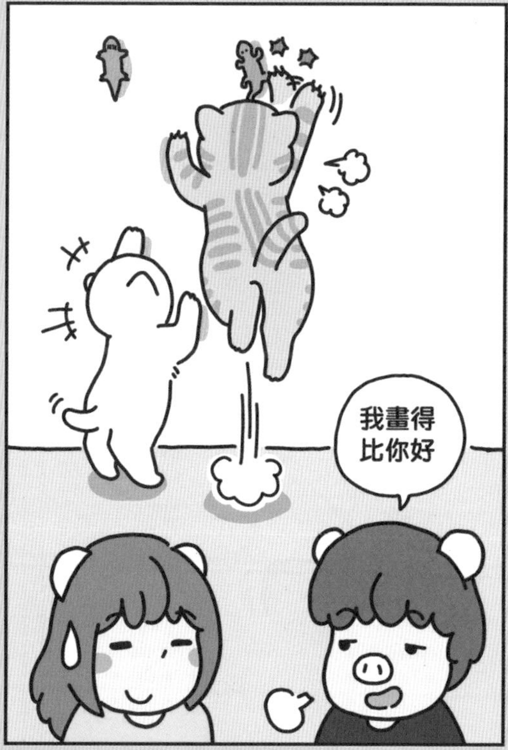
我畫得
比你好

貓玩具DIY：扭蛋鐺鐺球

噹噹噹

玩厭了

晚上
Z

噹噹噹
噹噹噹
怎樣突然
玩起來了？

貓玩具DIY：貓草醃公仔

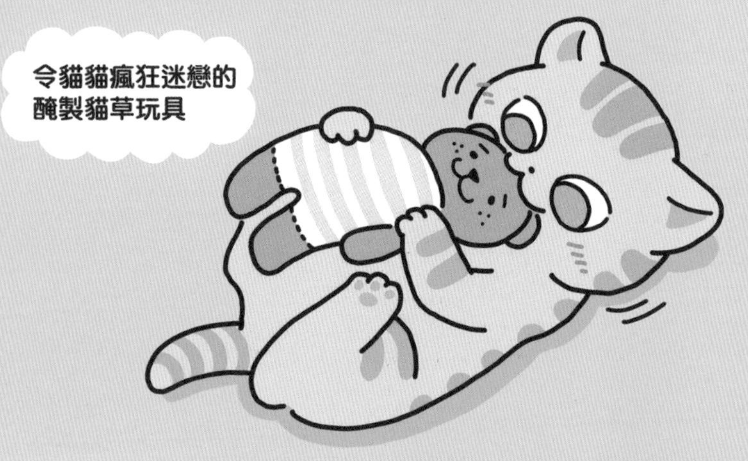
令貓貓瘋狂迷戀的
醃製貓草玩具

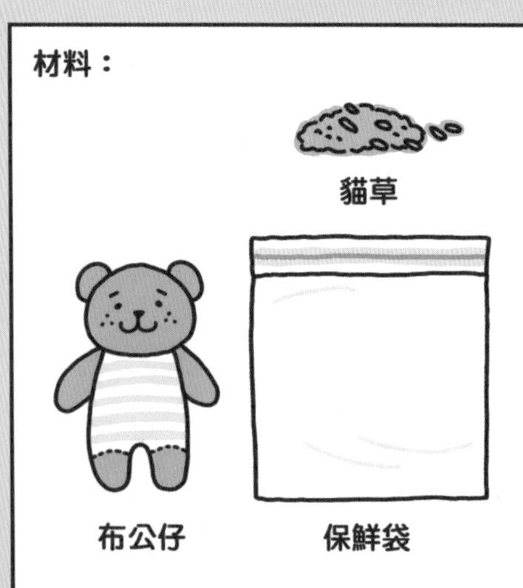
材料：
貓草
布公仔
保鮮袋

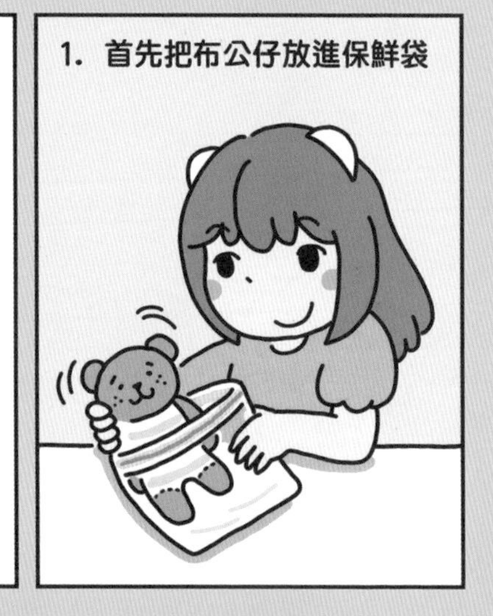
1. 首先把布公仔放進保鮮袋

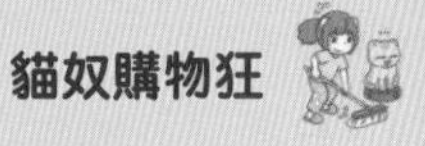

2. 然後在裡面鋪滿貓草

3. 靜置24小時
Z

4. 完成

這是甚麼
給我

好羨慕
那個布公仔
我也想把自己
醃成貓草風味

1. 先準備大量貓草

2. 然後浸貓草浴

3. 享受被貓寵愛
毛茸茸大肚子

抱緊處理

咬咬

後腿連環踢踢踢

不再羨慕
那個布公仔了

小遊戲：貓貓在哪裡？

每個貓貓在貓奴心目中，
都是獨一無二的。
你能圖中找到目標貓貓嗎？

後記

前年貓奴突然停止網上漫畫的更新，也暫停了出版，現在說明一下消失的原因：

多年來接近每天的post圖更新，不知不覺就碰到樽頸。於是作出了升學的決定，一方面為了散心，另一方面有感於需要學習。然而，被課堂和功課所圍繞，要平衡學業和生活還是有點吃力，於是有一天，突然畫不出來了，就這樣離開了FB和IG。

但是重返校園，能給我很多特別的體驗，也結識到很多有趣的朋友，我是很感激能遇到這樣的一切。但最重要的還是要不停地畫，才能繼續前進，而這最後是要由自己踏出這一步。

然後有一天，突然感到想畫了，有很多柑柑和藍藍趣事想要告訴大家，所以回來了，也有了這本書。

感謝大家一直在支持，大家的鼓勵我也看到了！

大家都像貓貓一樣溫柔。

最後，也要感謝製作相關人員，也感謝喜歡這本書的大家！

葉貓

www.facebook.com/cat.comics
www.instagram.com/cat_ip/

Z

書　　名：貓奴運動會
圖　　文：葉貓
出 版 社：亮光文化有限公司
Enlighten & Fish Ltd
社　　長：林慶儀
編　　輯：亮光文化編輯部
設　　計：亮光文化設計部
地　　址：新界火炭坳背灣街61-63號
盈力工業中心5樓10室
電　　話：(852) 3621 0077
傳　　真：(852) 3621 0277
電　　郵：info@enlightenfish.com.hk
網　　店：www.signer.com.hk
面　　書：www.facebook.com/enlightenfish

2024年7月初版

ISBN 978-988-8884-13-1
定　　價：港幣$108

法律顧問：鄭德燕律師

小遊戲答案